《大大貓和小小貓》是我的第一本繪本，故事改編自《伊索寓言》中的「猴子裁判」。與「猴子裁判」類似的故事有好幾個，故事中都是以猴子作為裁判官，但爭奪飯糰的動物則依照故事的不同而各自有許多改編的自由。即便如此，我還是選用了自己喜歡的貓。模特兒就是我的愛貓們：已經去世的小四和現在還健在的小六。

繪本中灌注了好多思念、是我很珍惜的一本書。

石黑亞矢子

おおきなねことちいさなねこ

大大貓和
小小貓

石黑亜矢子 絵・改作

盧慧心 譯

在某個地方，
有一對感情超好的朋友，
他們就是：
大大貓與小小貓。

他們兩個天天都玩在一起。今天，他們也感情很好的一起遊戲著，

くんくんくん……
くんくんくん……
嗯嗯……
嗯嗯……

森林深處
卻不知為什麼
傳來一股
好好聞的味道。

「嗯嗯嗯嗯！是哪裡傳來的呀～
有股好好聞的食物味道！」
「嗯嗯嗯嗯！真的哪！
有一股食物的香味傳過來！」

他們兩個追尋著這股好吃的味道，
往這裡找找、往那裡找找，
不斷地向森林深處走呀走地。

「天啊！有個飯糰掉在地上呀！」

「哎呀呀！有個飯糰掉在地上呢！」

在森林裡，
大大貓和小小貓各自找到了飯糰！
大大貓找到的是
一個蠻小的飯糰。
小小貓卻找到了
一個非常大的飯糰。

大大貓很羨慕
小小貓手上的大飯糰，
忍不住就這麼說了：

「小小貓先生啊，
既然你是這麼一個小不點，
我這邊的小飯糰就
跟你交換吧。」

大大貓這話說完，
小小貓也說話了。

「不不不，大大貓先生，
我就是要多吃一點、
多長大一點才行啊！」

他們今天已經玩了好久，
肚子都餓了，
終於為了大飯糰吵起架來。

但是不管怎麼吵，都找不到令雙方滿意的結論，只有讓肚子變得越來越餓而已。

兩隻煩惱的貓，就決定到山裡去，去找那位有名的猴子商量。

那隻猴子一定能解決這個問題吧。

大家都說他非常聰明。

樹上住了一隻猴子，

有一株參天大樹，

在那高高的山頂上，

兩隻貓朝著猴子住的那座山前進，

穿越森林、渡過大河、經過了谷地。

辛辛苦苦地步行而去。

終於抵達了、
到了山巔上，
天啊天啊，
那裡聳立著一株參天大樹。
大樹下還氣派的疊著石頭塔。

塔邊豎立著一塊看版，
看版上頭這樣寫著：
「諮商問題、什麼都能解決。
請朝著上方、大聲的呼叫吧。」

兩貓朝著樹頂，
用很大的聲音喊著：
「大家公認的聰明猴子、
猴子先生！
請跟我們談一談吧！
我們是千里迢迢、
特地從那頭的森林過來
找你商量的啊。」

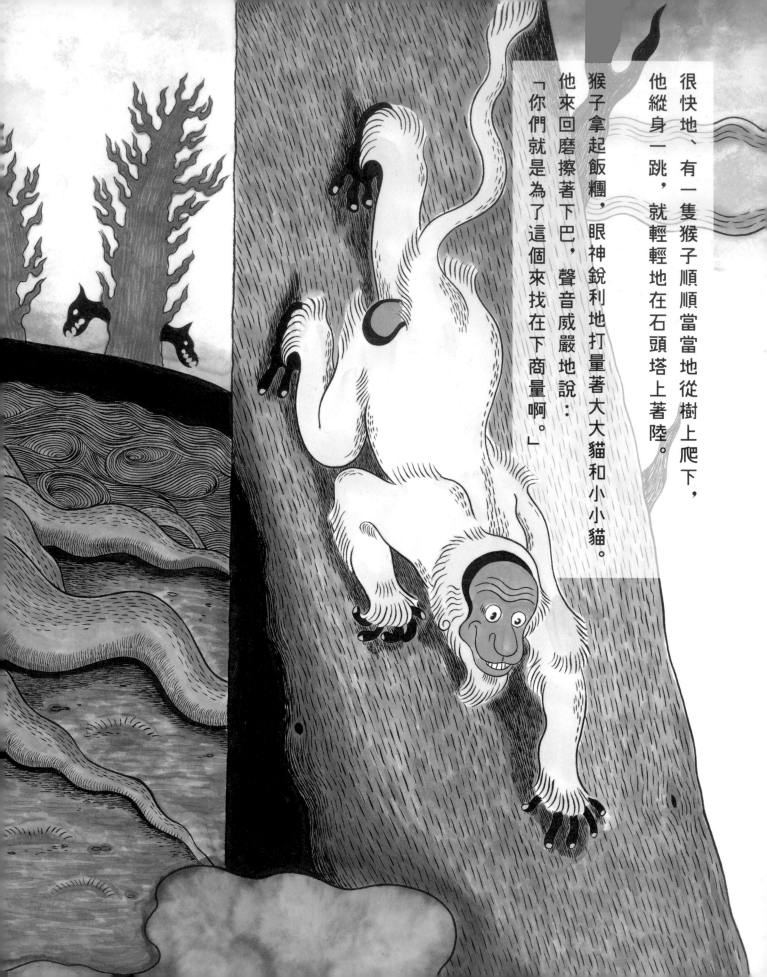

很快地、有一隻猴子順順當當地從樹上爬下，

他縱身一跳，就輕輕地在石頭塔上著陸。

猴子拿起飯糰，眼神銳利地打量著大大貓和小小貓。

他來回磨擦著下巴，聲音威嚴地說：

「你們就是為了這個來找在下商量啊。」

「我們兩個、誰都想吃這個大飯糰。」
「但我們沒辦法決定，該把這個大飯糰讓給誰吃。」

兩隻貓怒氣沖沖地瞪著彼此，又大聲吵了起來。

「這個大飯糰由我來吃！你根本吃不完。」

「你在胡說什麼啊！我不多吃就沒辦法長大啊。」

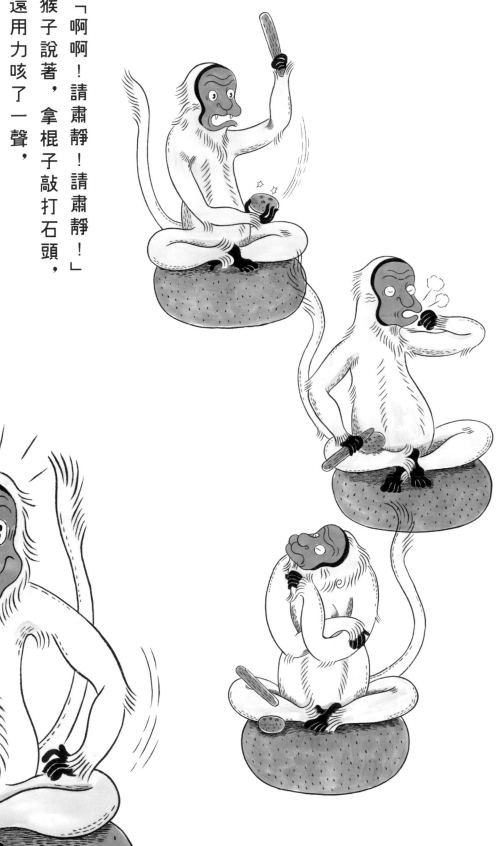

「啊啊！請肅靜！請肅靜！」
猴子說著，拿棍子敲打石頭，
還用力咳了一聲，
然後將雙手抱在胸前，
沉思了起來。
接著，猴子突然「啪」地睜開了雙眼。
「有了！就拿那個來用吧！」
說著，猴子飛跳到樹幹上、
靈巧地往樹頂攀登而去。

過了一會兒，猴子帶著一支秤子下來了。

兩隻貓對那支秤子目不轉睛地緊盯著，然後問：「猴子先生，那支秤，是拿來做什麼的呀？」

「呼呼，追根究底，就是因為兩個飯糰一個大一個小，才出了問題！如果把兩個飯糰變得一樣大，不就好了嗎？在下正打算使用這個秤子，替你們把兩個飯糰變成一樣大的飯糰。」

「原來如此！那是個好辦法啊！」

哇、太感謝了啊，果然是人人都說聰明的猴子先生！

兩隻貓非常高興，並且懷著感激的心情，恭敬地把兩個飯糰都交給了猴子。

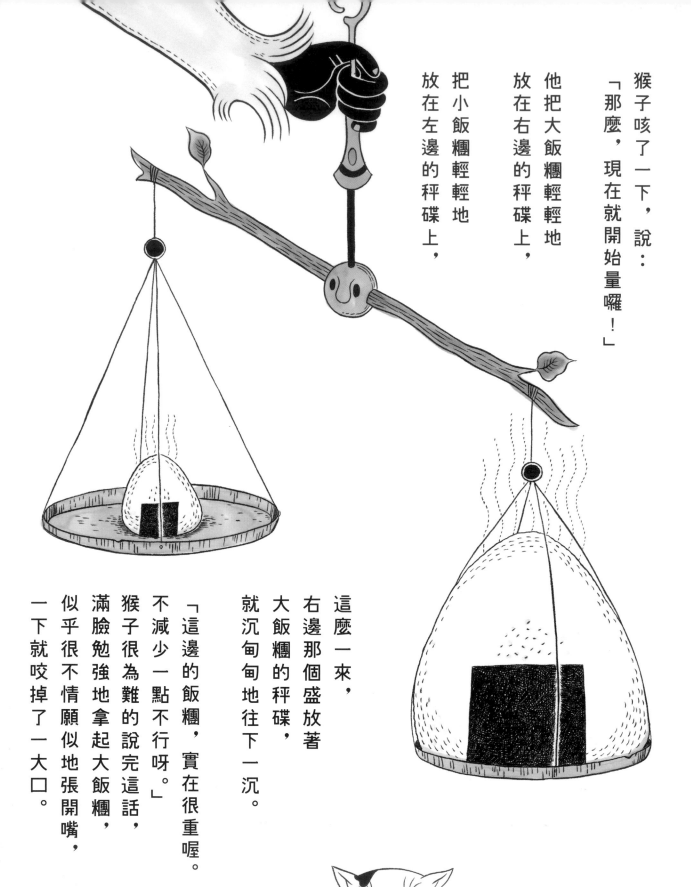

猴子咳了一下，說：
「那麼，現在就開始量囉！」

他把大飯糰輕輕地
放在右邊的秤碟上，
把小飯糰輕輕地
放在左邊的秤碟上，

這麼一來，
右邊那個盛放著
大飯糰的秤碟，
就沉甸甸地往下一沉。

「這邊的飯糰，實在很重喔
不減少一點不行呀。」
猴子很為難的說完這話，
滿臉勉強地拿起大飯糰，
似乎很不情願似地張開嘴，
一下就咬掉了一大口。

「啊呀呀呀呀，總歸還是這邊比較重。得再減少一點才行啊。」說著，又是大口一咬。

即使如此，仍然是大飯糰這邊的秤碟比較低。猴子又一次不情願地說：「還是這邊比較重啊。得再減少一點才行。」說著，他又咬了一大口。

「嗚喔，差不多變成兩個一樣大的飯糰了吧？」
「哎呀！這下完全是另一邊的飯糰比較重了啊！不能不稍微減少一點啊。」大口咬。

「啊啊、這次是另一邊比較重了。」大口咬。

「喔喔、這次換成那邊比較重了。」大口咬。

「哎呀呀、怎麼一直沒辦法弄好呢。」大口咬。

猴子輪流把兩個飯糰
放進嘴巴，
大口大口地吃下去。

兩個飯糰漸漸地
越變越小，
最後變得跟丸子差不多，
都變成小小的小飯糰了。

兩隻貓忍氣吞聲，
緊盯著兩個飯糰。

接著，猴子他——

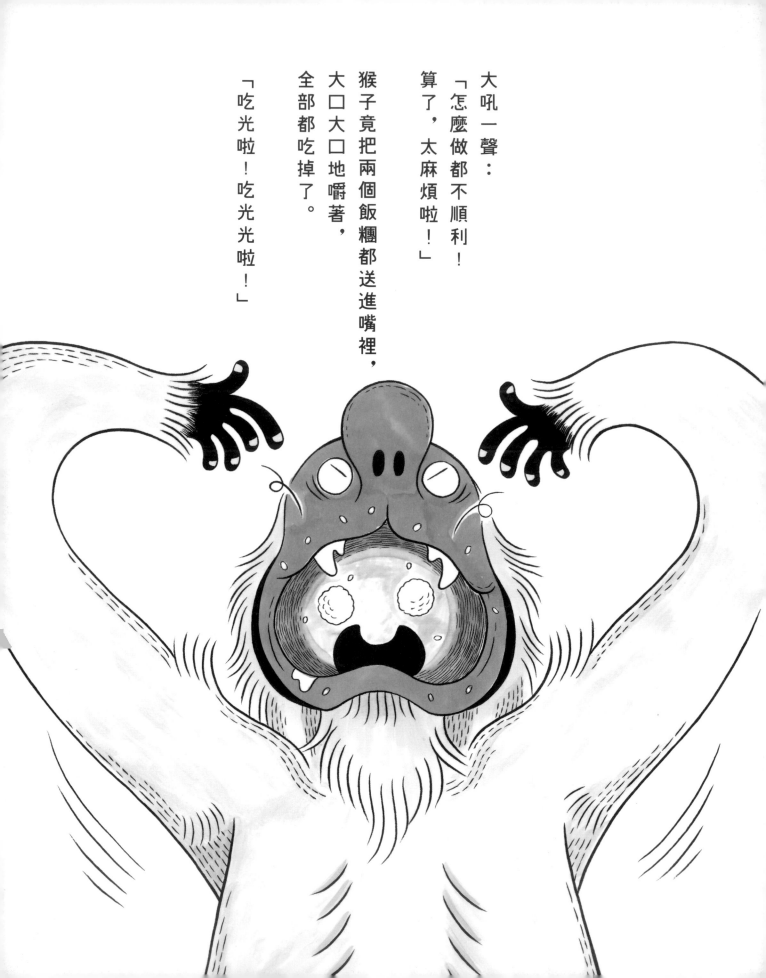

大吼一聲：
「怎麼做都不順利！
算了，太麻煩啦！」
猴子竟把兩個飯糰都送進嘴裡，
大口大口地嚼著，
全部都吃掉了。
「吃光啦！吃光光啦！」

猴子將秤子扔得老遠：
「嘻嘻嘻、好吃的飯糰！
謝謝招待囉！」
說完，猴子就躍到樹上，
拍拍他的紅屁股，
伶俐無比地往樹上爬。

大大貓與小小貓
目瞪口呆，
暫時沒辦法
反應過來。

然後他們慢慢、
慢慢地⋯⋯

回過神來⋯⋯

兩隻貓勃然大怒、追著猴子也跳上了樹幹。

但是，因為肚子空空的，
力氣已經用光光了，
不管跳上去多少次，
最後都只有滋嚕滋嚕往下滑的份。

兩隻貓只能努力等著、
等著猴子從樹上下來。
等呀等呀,這期間,
太陽都已經完全西沉了。
月亮大人探出了蒼白的臉。

大大貓與小小貓花了點時間
眺望月亮大人,
然後垂頭喪氣的看著彼此,
「哎、如果我們當初不要吵架,
一起把飯糰平分吃掉就好了。」
兩隻貓都這樣深深的反省著。

就這樣,兩隻貓抱著餓扁的肚子,
搖搖晃晃地回家了呀。
看起來好可憐哪。

故事講完了。

石黑亜矢子 いしぐろ あやこ

1973年生，畫家、繪本家。
作品有畫集《平成版怪物圖錄》（暫譯，マガジンハウス）、繪本《豆腐小僧》（京極夏彥著、東雅夫編｜岩崎書店）、《妖貓亂紛紛》（暫譯，あかね書房）《妹妹會議》（暫譯，ビリケン出版）、漫畫日記《點點丸與家族繪圖日記》（URESICA）……等等。裝禎、插畫作品如《豆腐小僧雙六道中出發》（暫譯，京極夏彥｜講談社）、《現代版繪本御伽草子：付喪神》（町田康｜講談社）等等……亦為數不少。育有二兒。

譯者　盧慧心

1979年生，電視編劇，小說家。
著有短篇小說集《安靜肥滿》（九歌）。家裡有兩隻貓、一個孩子。

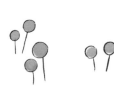

 大大貓和小小貓
Witty Cats 1

おおきなねことちいさなねこ

繪者・改作　石黑亞矢子 いしぐろ あやこ｜譯者　盧慧心｜主編　陳盈華｜美術設計　張閔涵｜執行企劃　黃筱涵｜發行人　趙政岷｜出版者　時報文化出版企業股份有限公司　10803 台北市和平西路三段 240 號 3 樓　發行專線―(02)2306-6842　讀者服務專線―0800-231-705・(02)2304-7103　讀者服務傳真―(02)2304-6858　郵撥―19344724 時報文化出版公司　信箱―台北郵政 79-99 信箱　時報悅讀網―http://www.readingtimes.com.tw｜法律顧問　理律法律事務所　陳長文律師、李念祖律師｜印刷　詠豐印刷有限公司｜初版一刷　2018 年 4 月 20 日｜定價　新台幣 380 元｜行政院新聞局局版北市業字第 80 號｜版權所有　翻印必究―時報文化出版公司成立於 1975 年，並於 1999 年股票上櫃公開發行，於 2008 年脫離中時集團非屬旺中，以「尊重智慧與創意的文化事業」為信念（缺頁或破損書，請寄回更換）。